LE LIVRE DU SECRET DES CHOSES

Collection Grand Pollen

animée par
Suzanne Bukiet

Titres déjà parus :

LE JARDIN PERDU
Texte de Andrée Chedid
Calligraphies de Hassan Massoudy

LA FILLE QUI MARCHAIT DANS LA NUIT
Texte de Isabelle Bournat
Illustrations de Claude Mediavilla

LA BRANCHE DU PRUNIER
Texte de Murasaki-shikibu
Calligraphies de Sôryû Uésugi

DANS L'ODEUR DES COLLINES
Texte de Jean Giono
Calligraphies de Roger Druet

GENESES
Frank Lalou

LE VOYAGE DES OISEAUX
Texte de Attar
Calligraphies de Hassan Massoudy

JE SUIS LE MARIN DE TES YEUX
Poèmes et illustrations de Marc-Alain Ouaknin

5, rue de Pontoise 75005 Paris, 1996.

MARTINE LAFFON

Le livre

DU SECRET DES CHOSES

2e édition

éditions
Alternatives

Illustrations

Reproduction de calligraphies
et d'enluminures tirées de deux manuscrits :
– *Livre des propriétés des choses*
Traduction en français par Jean Corbichon,
XIVe siècle, bibliothèque municipale de Reims.
– *Livre d'heures à l'usage de Rome.* Ecole flamande
XVe siècle, bibliothèque municipale de Rouen.
– p. 24-25, illustrations de Caroline Hawkins.

Nous voulons remercier, pour leur aide indispensable, les animateurs des bibliothèques municipales de Reims et de Rouen, ainsi que Fiona Bléton de la bibliothèque de l'Arsenal à Paris.

INTRODUCTION

C'EST dans l'atmosphère du bas Moyen Âge que Martine Laffon nous entraîne tout au long de ce récit. L'époque (XIIIe-XVe siècle) est intéressante à plus d'un titre. Les mentalités, moins enfermées dans la symbolique chrétienne, évoluent. Recherchant dans l'Antiquité la base de nouveaux savoirs, les lettrés, clercs et laïques, tournent leur attention à la fois vers le cosmos et vers l'homme au centre de la nature. Une curiosité émerveillée de la création, une soif d'en comprendre les mécanismes s'affirment et s'élargissent.

DANS ce contexte naissent de véritables encyclopédies, sommes des connaissances et des croyances du temps, tandis que l'on remet à l'honneur des ouvrages plus anciens.

C'est parmi ceux-ci qu'il faut situer le *Liber de proprietibus rerum* dû au franciscain Barthélémy de Glanville, appelé aussi Barthélémy l'Anglois. Cette encyclopédie du début du XIIIe siècle, étonnante par l'étendue des domaines explorés, est composée en « livres », chacun consacré à un thème. Elle sera traduite en français (donc accessible à un autre public) en 1372, à la demande de Charles V, dit « Le Sage », par Jean Corbichon, chapelain du roi. Plusieurs copies en furent faites, dont certaines merveilleusement enluminées. Le duc de Berry, célèbre bibliophile, frère de Charles V, en possédait trois exemplaires.

L'UN d'eux, conservé aujourd'hui à la bibliothèque municipale de Reims, nous a fourni une partie des illustrations reproduites ici, en particulier les encadrements d'animaux d'un puissant réalisme, et cette composition en « livres » qui sont en réalité des chapitres.

Le second manuscrit dont nous avons utilisé l'ornementation, exceptionnel par sa fraîcheur et l'état de conservation de ses couleurs, date, lui, de la fin du XVe siècle. Il s'agit d'un livre d'heures de l'école flamande, offrant à profusion des fleurs, des fruits, des insectes peints dans les marges sur fond ocre. Il appartient à la bibliothèque municipale de Rouen.

De styles très différents, ces enluminures de manuscrits du XIVe et XVe siècle, témoignent de la richesse et de la diversité d'un art toujours florissant à cette époque.

Ce *Livre du secret des choses*, par le texte et par l'image, telle une machine à remonter le temps, permettra peut-être au lecteur de retrouver pour un moment le regard émerveillé (malgré le tragique et l'éphémère de toute vie) porté sur l'homme et la nature il y a cinq cents ans. Il aura alors participé à tisser ce lien subtil par lequel l'art et la littérature unissent les générations et défient le temps.

SUZANNE BUKIET

LE LIVRE DU SECRET DES CHOSES

ELLE était arrivée après les fortes gelées de mars, menant en bride un grand palefroi alezan suivi de deux chevaux lourds tirant une charrette. Elle était seule mais un lévrier blanc la suivait pas à pas. Dans la charrette, on apercevait des coffres de bois précieux sous les lourds tissus que le vent avait rabattus.

Sur la robe de son alezan, une couverture d'apparat brodée d'un blason or, azur et vermeil, représentait l'Arbre, le Livre et la Licorne. Elle appartenait à un bon lignage mais je ne connaissais de telles armoiries chez aucun des seigneurs de la région. D'où venait-elle ?

Elle était belle, d'une beauté étrange que soulignait un lourd manteau de velours indigo. Sa chevelure noire tressée d'un ruban de soie rouge descendait à mi-dos sur le velours. Elle venait certainement du sud malgré sa peau claire et beaucoup se sont signés en la voyant passer, peut-être à cause du grand lévrier blanc.

De sancta maria magdalena: an:
Maria
ergo unxit
pedes iesu
et extersit
capillis su
is et domus
impleta
est ex odore unguenti. ℣: Di
missa sunt ei peccata multa. ℟
Quoniam dilexit multum. oratio
Largire nobis clementis
sime pater. qui sicut bea
ta maria magdalena dominum
nostrum super omnia diligendo
suorum obtinuit veniam pecca
minum: ita nobis apud tuam mi

Les enfants l'ont accompagnée jusqu'au calvaire, à la sortie de la ville, sans oser ni rire, ni crier, tant ils étaient troublés. Quand ils ont vu qu'elle s'arrêtait devant l'ancien prieuré, tous furent inquiets. Était-ce une femme de Dieu...?

Elle demanda aux enfants étonnés de décharger la charrette. Sur les coffres aussi, ses armoiries étaient gravées. J'ai compté sept coffres, je n'avais jamais vu cette essence de bois, un bois clair et lisse, marqueté et orné d'incrustations de gemmes.

Des entrelacs d'arabesques se déployaient sur le couvercle du plus grand des coffres. Elle recommanda qu'on le déchargeât avec soin, tandis que le lévrier tournait autour avec agitation. Que contenait-il de si précieux ?

Puis, elle me désigna ses chevaux et demanda que je m'en occupe. Je n'ai pas osé refuser. Elle posait sur moi un regard si clair que mon cœur en fut blessé. Il battait trop fort, et j'avais beau flatter l'encolure de son palefroi pour dissimuler mon émoi, je sentais que mon visage s'était empourpré. Pourquoi ai-je accepté de l'aider, pourquoi ?

Quand tout fut installé, elle ferma

la porte, lança par la fenêtre quelques piécettes d'or aux enfants, puis elle disparut dans l'ombre du prieuré.

LORSQUE je suis rentré chez moi, à la tombée de la nuit, mon père était très irrité. Comment le fils d'un riche bourgeois avait-il pu suivre le troupeau des va-nu-pieds pour servir une dame en tel étrange équipage et dont personne ne savait rien ? Ne serait-elle pas de ces drôlesses qui ensorcellent avec du vin aux herbes ? Je ne l'écoutais pas.

Mais pourquoi ne m'étais-je pas présenté devant elle : Nicolas Dondelinger, habitant la plus belle demeure de la rue Haute, fils du riche drapier Charles Dondelinger, honoré par le seigneur de Metz ?

Je venais d'avoir seize ans, je savais le latin et le grec, l'art de la calligraphie et de l'enluminure pour les avoir appris dans une proche

abbaye et surtout, j'aimais passionnément la poésie qui prend l'âme au bord des rêves.

Les saisons sont une à une passées du printemps à l'hiver. Trop occupé à vivre, je ne les ai pas vues entrer par la porte de l'été.

J'ai trente-six années pleines bientôt, et je ne sais de poésie que celle que j'ai apprise de la dame au lévrier blanc, de la dame au grand palefroi alezan, celle dont je porte les couleurs contre mon cœur, celle

qui m'a fait naître à toutes les vies qui bruissent aux creux des vallons, des rivières, des buissons et des nids : la poésie de l'univers.

On m'a fait appeler. En grande détresse j'attends, pris au piège de la mort, de son bon vouloir. Aujourd'hui ? Demain ? Où est l'issue ?

J'ai préféré rester seul, dans l'ombre, serrant contre moi la grande douleur d'être blessé pour l'éternité. Comment pourrai-je supporter l'absence ? Comment pourrai-je ne plus reconnaître le bruit si familier de son pas, l'écouter, la regarder, l'entendre rire et parfois, lui tenir le bras ? Je n'ai rien demandé que sa tendresse et elle me l'a donnée sans jamais en trahir la fidélité. Elle me l'a confiée comme un germe fragile que l'on enfouit par peur des saisons sauvages, jusqu'à l'été.

J'ai ouvert mon bréviaire dans la pénombre de ma peine, je lis quelques prières pour les défunts et pour les gens dont on voudrait que le Seigneur se souvienne.

« Mon Dieu, Notre-Dame et vos anges, bénissez celle que j'ai tant aimée d'amitié. Non, ne bénissez rien, ne bénissez personne, laissez-moi crier son nom, laissez-moi pleurer comme un enfant qu'on abandonne. Que le Seigneur et Maître de nos vies, que le Seigneur miséricordieux... »

Mais qui se soucie de la souffrance des pauvres gens ? Ah, qu'Il ait pitié, qu'Il l'efface du monde, ou qu'Il nous laisse, nous les humains, nous endurcir le cœur contre la mort qui nous ravit...

« Notre père... »

J'entends des pas précipités résonner sur les dalles de la grande salle bleue. J'entends des pleurs et des voix étouffées. Qui m'annoncera la mort de mon amie ? Qui aura le courage d'affronter mon regard égaré ?

Long fut le temps de l'attente, sans bouger. Personne n'est venu, personne.

Le feu des braises éteint, je me suis levé comme un vieil homme éprouvé. J'avais besoin de parcourir la plaine jusqu'au bout de l'horizon.

J'avais besoin de pleurer à larmes de deuil hors des murs de la ville. J'ai suivi les chemins de terre que je connaissais bien pour y avoir chassé, et quand je suis arrivé à la lisière de la forêt, sans pouvoir plus longtemps contenir ma peine, je me suis adossé contre un chêne et, brusquement, je l'ai enlacé, je l'ai serré si fort que mes mains en furent ensanglantées... Alors, j'ai osé pleurer et, le visage appuyé sur l'écorce rugueuse, je me suis abandonné à la grande douleur d'exister.

Aujourd'hui j'ai fait sonner les cloches de toutes les abbayes pour que le Comté sache le grand deuil de mon amie. J'ai revêtu les couleurs de la mort et j'ai prié saint Michel Archange et saint Gabriel, car je sens ma raison vaciller. En

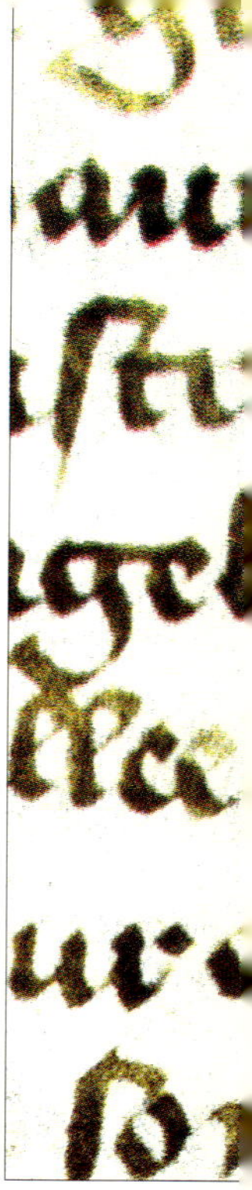

grande ferveur, je les ai priés pour qu'ils intercèdent auprès de Notre Seigneur.

« Seigneur, prenez ma vie qui s'abandonne à la douleur, reprenez-la, qu'elle rejoigne de cœur léger l'âme de mon amie, sans pitié vous me l'avez ôtée, ayez la loyauté de me mener en Paradis.

Seigneur, prenez ma vie, je n'en ai plus envie. »

Trois jours, trois nuits, en grand danger, Nicolas Dondelinger, maître en pharmacopée, initié aux secrets de

l'air, de l'eau, du feu et de la terre, initié aux secrets de la vie, Nicolas Dondelinger a pleuré son amie.

A L'AUBE du quatrième jour, les gens de sa maison ont porté près de son lit le grand coffre aux arabesques et armoiries. Le blason d'or, d'azur et de vermeil, avec l'Arbre, le Livre et la Licorne fermait le coffre en son secret.

En si grande amitié son amie le tenait qu'elle lui avait donné la clé, un soir d'été, un soir à nul autre pareil, où l'harmonie fragile du monde résonnait jusqu'au ciel étoilé. Un soir à nul autre pareil, où le souffle des hommes se mêlait aux odeurs de la terre dans le crépuscule irisé.

Elle lui avait donné cette clé qu'il devait garder, gage de son amitié, gage de sa tendresse, gage de sa confiance, mais lui, Nicolas Dondelinger, ignorait ce qu'elle pouvait ouvrir et quels secrets elle pouvait révéler.

Ils ont approché de son lit le coffre aux armoiries, comme elle l'avait écrit avant que la mort ne l'ait prise. Ils ont cherché la clé, sans jamais la trouver. Ils ont porté le coffre puisqu'elle le leur avait dit, puisqu'elle l'avait laissé pour son ami, pour qu'il ne meure pas, pâle et gisant dans son lit. On a placé le coffre près du maître affaibli que fuit tant la vie.

Sans qu'aucun mot n'ait été dit, sa mère est venue aujourd'hui, elle caresse son front et le berce comme un enfant petit. Elle a si peur que la mort, en rôdant, n'emporte son âme en Paradis.

Ils ont approché le coffre aux armoiries..., alors il a ouvert les yeux, des yeux tout vides, des yeux tout noirs, si effrayants que les gens de sa maison ont reculé en les voyant. Apercevant le coffre tout près de lui, il s'est levé brusquement, il s'est laissé tomber à genoux, la face contre le bois poli, et là, en grande douceur, il a pleuré. Sa dame, sa tendre amie, déjà en Paradis, lui lançait un défi pour l'amour d'elle, pour l'amour de la terre, de la pierre et du feu, pour l'amour de la vie.

Il a pleuré en grande douceur contre le bois poli. Alors sa mère s'est retirée et ceux de sa maison aussi, car chacun s'était dit que ce serait sûrement trahir serment d'amis que de rester auprès de lui.

Ils le laissèrent seul pour ouvrir le coffre aux armoiries.

Depuis le soir à nul autre pareil, jamais de la clé il ne s'était séparé. Il l'avait glissée en grand secret sous sa chemise, près de son cœur, de peur qu'en la perdant il ne perde aussi l'amour si tendre de son amie. Il avait porté la clé comme un trésor qu'elle lui aurait confié. Jamais il n'avait demandé quelle porte elle ouvrait.

Maintenant, aujourd'hui, vingt ans après, seul devant le coffre aux armoiries, il se souvient de ce soir où la vie et la terre respiraient d'un même souffle comme si rien ne pouvait jamais briser leur harmonie.

Il effleure doucement la serrure d'argent, il en suit le contour d'un doigt tremblant. Il sent au rythme de son cœur battre la clé tout contre lui. Il est tant affaibli depuis bientôt quatre jours et quatre nuits qu'il demande à Notre-Dame d'avoir pitié de lui.

« Notre-Dame qui me voyez ici, aidez-moi, avant que je n'ouvre ce coffre. Que de cœur fidèle et loyal, je respecte le vouloir de mon amie. »

QUAND il a ouvert le coffre, le souffle court, le cœur battant, il a trouvé, posé sur la soie blanche, il a trouvé le livre où palpitait la vie, où bruissaient la terre et le ciel, dans un grand battement d'ailes. Il a trouvé le livre, dur comme la pierre et transparent comme le cristal, où chantaient les rivières et les brumes d'hiver, rudes et minérales. Il a trouvé, ouvert devant lui, vingt années de sa vie, vingt années de tendre amitié, inscrites en lettres d'azur, d'or et de vermeil, au gré des saisons, des vents et des pluies.

Alors, tout doucement, comme on berce un tout petit enfant, il a serré le livre contre lui puis, l'ayant posé sur la grande table près de la cheminée, il a fermé les croisées et tiré les tentures damassées. Il a poussé le verrou de la porte, allumé les torchères, il a ouvert le livre de vie, écrit avec les lettres de l'air, de l'eau, du feu et de la terre et il s'est mis à feuilleter les pages toutes enluminées de fleurs et d'oiseaux, puis à lire avec passion quelques-uns des deux cent soixante-dix-sept chapitres qui mènent à la connaissance du monde, son ordonnancement et son principe vital.

SOUS LA LETTRE **A**

poussent l'Avoine folle, l'Anémone et l'Asphodèle éclaboussant d'or l'Alliaire tapie dans l'ombre des broussailles. Au fil des pages, son amie a laissé l'Alouette chanter, tandis que l'Ambre douce et lisse raconte l'Orient et les déserts brûlants. De l'Alezan fier à l'Âne humble et solitaire, elle a dessiné les allures et les robes. Pour soulager les douleurs de dos, elle a révélé l'emplacement de l'Argile brune orangée. Enfin d'un trait léger de pinceau, bleu sur le bistre du parchemin, elle invite l'Âme à s'envoler.

AU GRÉ DU **E**,

l'Eau vive court à travers les prés, et si son amie s'est penchée sur les eaux noirâtres de la mort pour en déloger les frayeurs, elle a laissé glisser entre ses doigts l'eau des roches et des sources où pousse le trèfle des marais en grappes de fleurs blanches. Elle a dessiné des points d'eau qui ne sont jamais asséchés et ceux qui sont dangereux à cause des tourbillons de sable. Au creux des pages, elle a laissé

Beatus cui non imputauit
dominus peccatum: nec est in
spiritu eius dolus:
Quoniam tacui inueterauc
runt ossa mea: dum clamarez
tota die:
Quoniam die ac nocte gra
uata est super me manus tua:
conuersus sum in erumna mea
dum configitur spina.
Delictum meum cognitum
tibi feci: et iniusticiam meaz non
abscondi.
Dixi confitebor aduersuz me
iniusticiam meam domino: et tu
remisisti impietatem peccati mei.
Pro hac orabit ad te omnis

s'abriter au milieu des roseaux le peuple des Étangs, crapauds, rainettes, éphémères et libellules, dytiques et araignées. Puis elle a gravé d'un grand trait argenté l'Éclair reliant comme un fil de soie l'Étoile du soir à la gouttelette irisée de l'aube.

A LA LETTRE F,

aussi précieux que les Forgerons maniant le Fer et le Feu, elle a noté le chemin des Fourmis patiemment observé, les plumes des Fauvettes, les herbes des Fossés : herbe aux goutteux et grande ortie poussant drues auprès des saponaires. Puis elle a indiqué l'usage des pierres au grain de Foudre pour guérir des Folies et des paralysies. Elle a tracé aussi le Firmament des constellations à suivre pour pèleriner jusqu'au Mont Saint-Michel sans passer par les marais des disparus. Et tant d'autres secrets pour la teinture des tissus ou la préparation des pommades en onction.

Enfin d'un pinceau vermeil, elle a laissé danser le Feu au milieu des ombres du soir, elle l'a laissé jaillir tout clair du profond de la terre, là, sur le parchemin bistre, comme un soleil de nuit.

AU T POUR LA TERRE,
que pouvait-elle inscrire à l'encre qui ne soit mystère ? Alors, elle a parlé des saisons, de leur rythme et de leurs chansons, elle a parlé de la naissance et de la mort, du Temps qui passe, des aubes aux crépuscules. Elle a raconté les terres arides et ventées où les hommes moissonnent d'autres blés. Elle a imprégné les pages des parfums bruns de la terre labourée, des parfums des prés, de la mousse, du sable, les parfums de toutes les terres par l'homme sillonnées. Puis elle a regardé les arbres se courber sous la Tempête et les feuilles tourbillonner au vent.

QUAND elle a vu l'automne s'approcher, elle a compris que le livre devait s'achever, par un chemin d'arc-en-ciel, de la terre au ciel et du ciel à la terre, pour que son pas soit assuré et léger le jour où elle devrait partir s'y promener.

Mais sur la première page du livre ouvert aux vents des saisons, elle a inscrit ceci, pour son ami :

« *Voici venu le temps*
où je m'en vais,
voici le temps venu où
je remets à Dieu ce
qu'il m'avait donné :
l'Eau, l'Air, la Terre
et le Feu, non pour
les posséder, mais
pour les aimer.
Et j'ai aimé la vie
passionnément malgré
la difficulté d'exister.

J'ai aimé d'amour
la vie comme secret
de la connaissance
car à quoi sert de
connaître sans aimer ?

Ce livre est
une quête de sagesse,
mémoire d'un amour,
patient et obstiné. »

ICI commence le livre du secret des choses telles que le créateur les a voulues pour le grand bien des hommes sages, doctes, simples ou gueux.

Elles ne sont SECRETS QUE POUR CEUX DONT L'ÂME EST SI RAIDE QU'ILS NE VEULENT RIEN ENTENDRE, NI TOUCHER, NI VOIR, NI GOÛTER. COMME DIEU A DEMANDÉ DE PARTAGER, CE QUE JE SAIS ICI EST PATIEMMENT DESSINÉ. ET MON SAVOIR, JE L'AI MIS TOUT ENTIER DANS CE LIVRE.

ON Y TROUVERA LES DIRES DES PÈLERINS DE JÉRUSALEM OU DE COMPOSTELLE OU DE SAINT-MICHEL, LES DIRES DES COLPORTEURS DU SUD OU DU NORD, DES RELIGIEUX DES ABBAYES, MAIS AUSSI ON Y TROUVERA LE GRAND

SAVOIR DES GENS DE TERRE QUI VONT ET VIENNENT AU RYTHME DES SAISONS. ILS LABOURENT, SÈMENT ET RÉCOLTENT, ILS SAVENT LES LIENS QUI UNISSENT LES PIERRES À LA LUNE ET LES PLANTES À L'HOMME ET LES BÊTES AUX TROIS ZODIAQUES. À LEUR FOI J'AI AJOUTÉ CE QUE JE SAIS.

QUE CELUI QUI LIRA CE LIVRE EN FASSE BON USAGE POUR LE BONHEUR DES HOMMES ET LA GLOIRE DE NOTRE SEIGNEUR.

Nicolas Dondelinger, maître en pharmacopée, se souvient que tout son bon savoir il le doit à son amie : au hasard des chemins, la connaissance des herbes sauvages, du bon usage de la belladone ou du pavot, de l'aigremoine ou de la reine des prés ; ce qu'il faut cueillir ou semer au rythme de la lune, et ce qu'il vaut mieux laisser reposer ; les mélanges subtils et les fermentations lourdes que l'on doit filtrer selon les moiteurs de l'air ; la connaissance de la force des pierres, celles toutes lisses au creux de la main contre les mauvaises fièvres ou les poreuses et noires contre le venin.

L'amour de son amie pour lui est là, blotti au creux du manuscrit enluminé. Et si elle lui a transmis son savoir, c'est pour qu'il y ajoute à son tour tout ce qu'il a appris et aussi pour qu'il se souvienne des heures de patience et de danger, de joie et de douleur, où ils sont allés sans faillir à la rencontre des bêtes, des pierres, des plantes et des gens, pour déchiffrer le grand livre du monde.

Car rien n'est du hasard et tout est signe, le silence de la mort, comme le bruit de la vie. Le sauterieau qui danse, comme le cygne majestueux, ou l'aronde qui s'élance en arabesques d'or, tout est vie, imperceptible battement secret des choses.

Avec elle il a appris que rien de ce qui existe n'est inutile à l'harmonie de l'univers.

ICI commence le troisième livre, lequel traite du secret des herbes et des plantes.

L'homme QUI NE RESPECTERAIT PAS LES PLANTES AVANT, PENDANT ET APRÈS LEUR CUEILLETTE, NE SAURAIT AUCUNEMENT S'APPROPRIER LA FORCE VÉGÉTALE. ON DOIT LA DEMANDER À LA PLANTE ELLE-MÊME EN GRANDE HUMILITÉ, ET DIRE POURQUOI ON L'A CUEILLIE, EN QUELLE PARTIE DU CORPS ELLE DOIT GUÉRIR UN HOMME OU UNE BÊTE.

Selon qu'elle EST DE FEU, DE TERRE, D'AIR OU D'EAU, IL FAUT FAIRE CORRESPONDRE LA PLANTE AUX HUMEURS DES SAISONS, ET DISTINGUER LES HERBES DE LA HAIE, DU TALUS OU DE LA LISIÈRE, COMME LES HERBES D'OMBRE ET DE LUMIÈRE, POUR LEURS DIFFÉRENTES FORCES.

On doit cueillir EN LUNE CROISSANTE ET LAISSER TOUTES RACINES SI L'ON N'EN PEUT RIEN FAIRE, NI POMMADE, NI DÉCOCTION, CAR C'EST QUE LA SUBTILITÉ EST PASSÉE DANS LA FEUILLE OU LA GRAINE. AVANT LA CUEILLETTE IL FAUT SE PURIFIER EN PRATIQUANT LE JEÛNE. MIEUX VAUT REVÊTIR UN VÊTEMENT BLANC, ET MARCHER PIEDS NUS VERS LA PLANTE. ELLE NE SERA JAMAIS COUPÉE AVEC LE FER, MAIS AVEC L'OR OU L'ARGENT TRANCHANT.

Si à la croisée DES CHEMINS, SE TROUVAIENT DES PLANTES INATTENDUES EN CES LIEUX, ET PROPICES À GUÉRIR SANS QUE L'ON PUISSE PRATIQUER SOUDAINEMENT LE RITE DE CUEILLETTE, IL FAUT VEILLER À CUEILLIR TOUTES CES PLANTES DE LA MAIN DROITE, LA MAIN JUSTE, CAR LE SEIGNEUR LUI-MÊME SIÈGE À

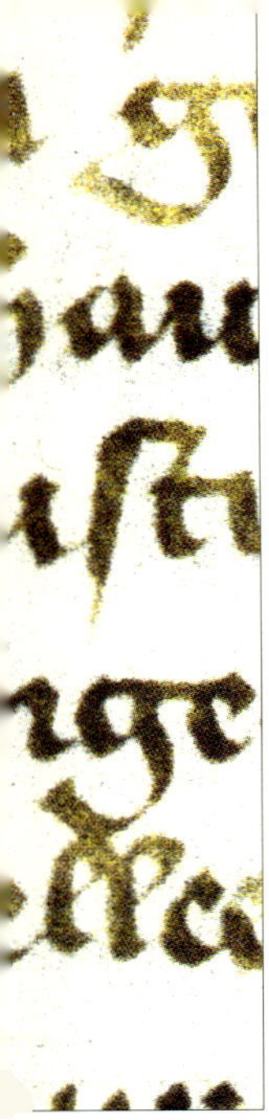

LA DROITE DU PÈRE, ET DE LÀ VIENNENT AUSSI LES PRÉSAGES HEUREUX POUR CONDUIRE SA VIE.

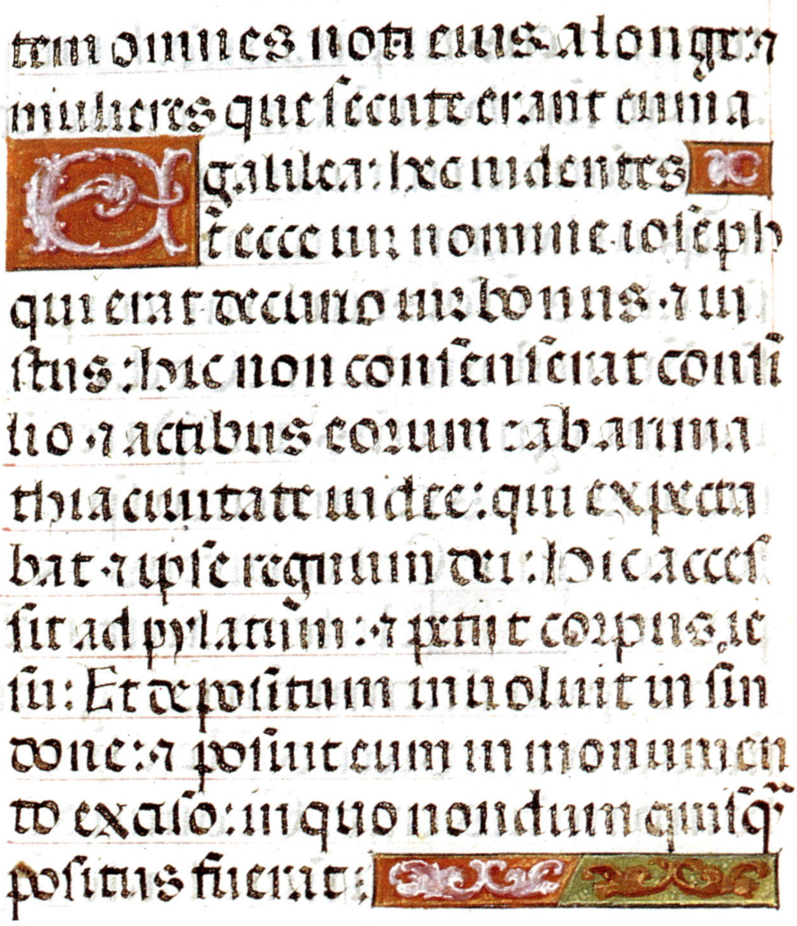

tem omnes noti eius a longe: et
mulieres que secute erant eum a
galilea: hec uidentes. Et
ecce uir nomine ioseph
qui erat decurio uir bonus et iu
stus: hic non consenserat consi
lio et actibus eorum: ab arima
thia ciuitate iudee: qui expecta
bat et ipse regnum dei: Hic acces
sit ad pylatum: et petiit corpus ie
su: Et depositum inuoluit in sin
done: et posuit eum in monumen
to exciso: in quo nondum quisquam
positus fuerat:

En ce qui concerne LES CORRESPONDANCES DES PLANTES ET DES ASTRES, IL FAUT SAVOIR QUE L'UNIVERS EST COMME UN GRAND CORPS OÙ TOUT SE CORRESPOND. IL Y A UN LIEN INVISIBLE QUI RELIE TOUTE CHOSE, UNE EMPREINTE DU MONDE D'EN-HAUT SUR LE MONDE D'EN-BAS.

Pourquoi les herbes DE LA SAINT-JEAN, LES MILLE-PERTUIS, L'ARMOISE, LA VERVEINE ET L'ACHILLÉE, GUÉRISSENT-ELLES TANT ET TANT CONTRE LES INFLAMMATIONS EXCESSIVES ? PARCE QUE CE SONT DES PLANTES SOLAIRES GORGÉES DES FORCES DE LUMIÈRE.

La verveine fait MERVEILLE CONTRE LA LÈPRE BRUNE EN MÉLANGE AVEC LE SUC DE LA ROSE ROUGE. C'EST LE SOLEIL QUI LUTTE CONTRE LES TÉNÈBRES, ET RÉGÉNÈRE LA PEAU DU DEDANS, COMME AU SOLSTICE D'ÉTÉ IL RÉGÉNÈRE LA TERRE. QUICONQUE PORTERA CETTE HERBE À LA MAIN OU S'EN FERA CEINTURE SERA PROTÉGÉ CONTRE LES SERPENTS.

Celui qui veut rendre JOYEUX ET GAIS SES CONVIVES, PRENDRA QUATRE FEUILLES ET QUATRE RACINES DE VERVEINE, QU'IL FERA CUIRE DANS DU VIN. PUIS IL ASPERGERA DE CE BREUVAGE, AUX QUATRE DIRECTIONS, L'ENDROIT OÙ L'ON DOIT SE RÉUNIR ET PRENDRE LE REPAS. EN CHASSANT LES PEURS, COMME LE SOLEIL CHASSE LES CHEVAUX NOIRS DE LA NUIT, LA TRISTESSE ET LA

MÉLANCOLIE DU CŒUR ET DE L'ÂME FERONT PLACE AUX RIRES.

Ainsi Dieu l'a-t-il VOULU, QUE CHAQUE CHOSE DANS LA NATURE PARTICIPE À LA VIE, ET MONTRE SON POUVOIR À TOUS CAR POUR LUI IL N'Y A PAS DE DIFFÉRENCE ENTRE PAUVRES ET RICHES. ET LES PLANTES DES FOSSÉS, DES BOIS OU DES PRÉS QUI POUSSENT AUTOUR DE NOUS SONT AUSSI PUISSANTES POUR QUI SAIT EN USER QUE LES DROGUES EXOTIQUES, ÉPICES, AROMATES, BENJOIN OU MYRRHE DES LOINTAINES CONTRÉES.

Il faut, pour acquérir LE SAVOIR DES VERTUS DU VÉGÉTAL, REGARDER ET ÉCOUTER LE SECRET DES HERBES. CERTAINES PLANTES RESSEMBLENT AUX ORGANES DU CORPS, COMME LE

CAPILLAIRE AUX CHEVEUX, ET LEURS RACINES SONT CAPABLES DE LES FAIRE POUSSER.

La chélidoine DES VIEUX MURS, CELLE QUE CERTAINS NOMMENT ENCORE LA GRANDE ÉCLAIRE OU HERBE AUX VERRUES, MONTRE CLAIREMENT SA VERTU À SOIGNER LA VÉSICULE BILIAIRE PAR SON SUC JAUNE QUI BRUNIT AU CONTACT DE L'AIR.

En application LE MILLE-PERTUIS, À CUEILLIR À MIDI DE SAINT-JEAN, PAR SON SUC ROUGE COMME LE SANG PEUT L'ARRÊTER DE COULER.

L'ombellifère EST LE PARAÎTRE DES ÉTOILES SUR TERRE, ET LA GRANDE CARLINE, QUE L'ON ACCROCHERA SUR LA PORTE DES ÉTABLES POUR REPOUSSER LE MALIN, EST SOLAIRE.

Nicolas Dondelinger, à la lueur tourmentée des torchères, tourne une à une les pages du livre.

Au-delà du savoir, au-delà des lettres et des lignes régulières qui rythment le parchemin comme un hymne à la vie, Nicolas Dondelinger découvre dans les marges, comme autant de sentiers à parcourir encore avec celle qu'il a tant aimée, des fleurs sauvages, des fleurs de poésie. Elles ont poussé çà et là, enracinées dans la terre bistre et parcheminée. Ce ne sont plus les plantes et les herbes du savoir et de la guérison, ce sont des mots d'amour libres de s'envoler hors du livre.

Quel étrange lien que le leur, par delà la mort, puisqu'il transparaît encore dans les couleurs vivantes des pâquerettes ou des iris, des ancolies bleutées, si fidèlement dessinées qu'on croirait pouvoir les cueillir là, comme au creux des fossés.

Par tous ces mots inscrits sur le papier, par ces fleurs, ces oiseaux, ces insectes, Nicolas Dondelinger reconnaît sa dame, et son amour de vingt ans renouvelé, où les silences, la pudeur, les complicités d'âme et de cœur aiguillonnent le désir d'être ensemble.

AU hasard des saisons de vent sauvage ou du ciel ambré des vendanges, vient la chanson des heures qu'on ne peut oublier. Elle est bruissement de l'aube, renouvellement des premiers matins du monde où l'homme est innocent, elle est lente respiration de la nuit, celle des bêtes cachées dans le repli de l'ombre, qui parlent aux étoiles et font monter des brumes silencieuses l'exhalaison des peines et du bonheur du monde.

Celui qui a aimé aime encore, malgré la mort, plus loin que l'Orient et l'Occident, plus loin que Cassiopée scintillante auprès des lunes argentées, et plus profond que les gouffres des mers, plus profond que les feux de la terre. Celui qui a aimé ne sait rien du temps ni de l'espace, et le secret des choses aux quatre vents des jours égraine la force vive de son amour.

Alors de l'armoise au chardon, de la hulule à la mouche qui fait miel, du puits à la fontaine, du gemme à la silice, tout n'est plus qu'harmonie...

ICI commence le onzième livre, lequel traite des secrets de l'eau, de la gouttelette des roseaux, aux fleuves grondant entre les pierres.

Il y a l'eau morte ET L'EAU ACTIVE, AINSI QUE L'A VOULU LE CRÉATEUR. AUSSI IL NE FAUDRAIT PAS BOIRE L'EAU DES MARES SOMBRES ET AU REPOS, À CAUSE DES FIÈVRES ET DES ULCÉRATIONS. MAIS L'EAU DE LA FONTAINE, JAILLIE DE LA PURETÉ DU CIEL, COMME L'EAU DONNÉE AU SEIGNEUR PAR LA SAMARITAINE, EST PURETÉ ET L'ON PEUT TOUTE PUISER DE CETTE EAU-LÀ.

Les voyageurs disent MÊME QUE LA ROSÉE DES FEUILLES LAISSÉE PAR LE MATIN EST VIVIFIANTE COMME L'ÉCUME DE LA MER. ON PEUT LA TROUVER DANS LE CŒUR

D'UNE CLAIRIÈRE. IL FAUT LA PRÉFÉRER AUX EAUX TROUBLES DES GUÉS, À CAUSE DES BÊTES ASSOIFFÉES, OU DU PIÉTINEMENT DES CHEVAUX.

L'eau du creux D'UN CHÊNE, OÙ POUSSE LE GUI D'AVANT LA NOËL, PEUT ÊTRE EMPLOYÉE DANS LES MACÉRATIONS. ELLE EST LÉGÈREMENT CAUSTIQUE, ET ELLE PEUT ACTIVER LA FORCE DES FLEURS, EN S'Y MÊLANT.

Ainsi vont les eaux VAGABONDES, ELLES SUIVENT LES CHEMINS DU CIEL INDIQUÉS PAR LES ÉTOILES. ET IL EST AISÉ DE RECONNAÎTRE L'ENDROIT OÙ LES SOURCES SE CROISENT À LA CROIX DES CALVAIRES.

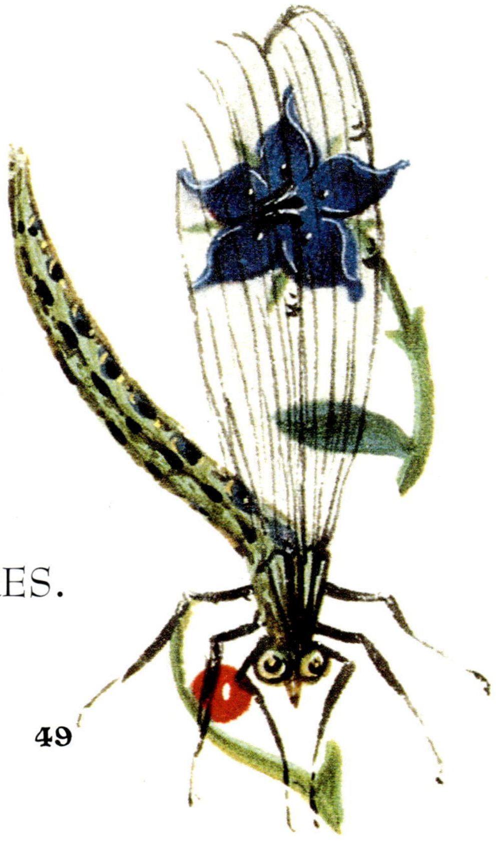

Les eaux croisées peuvent être très utiles pour éloigner les dragons, ou les terrasser comme saint Georges, et certains disent qu'au coucher du soleil, il n'est pas rare qu'une licorne vienne y boire. Cela en prouverait la clarté.

Les propriétés de l'eau sont bien aussi de régénérer l'âme malade. L'âme soignée de ses tourments, on a remarqué que les douleurs du corps étaient apaisées. On sait comme le bruit des cascades rend joyeux, puisqu'elles sortent comme un nouveau-né, des entrailles de la terre. On peut y amener les mélancoliques et les hébétés. Ils y trouveront une façon de rire, ce qui devrait dissiper leur ennui.

Quant aux sots ET AUX INSENSÉS, QU'ILS S'ASSOIENT AUPRÈS DES RUISSEAUX. LORSQU'ILS SERPENTENT DANS LES GRANDS PRÉS, ILS BOIVENT LE VERT DES PRÉS, TRAVERSENT LES JONCS, ROULENT SUR LES PIERRES, ET LEUR SONORITÉ LES REND PROPICES À LA MÉDITATION, ET SURTOUT À RÉFLÉCHIR SUR CE QU'HÉRACLITE, AVANT SOCRATE, AVAIT RAISON DE DIRE, À SAVOIR QUE « NUL NE DESCEND DEUX FOIS DANS LE MÊME FLEUVE. »

Plusieurs pèlerins, ET MÊME DES COLPORTEURS, ONT RAPPORTÉ AVEC FOI QU'À CHARTRES, SELON UNE ANCIENNE TRADITION VENUE DES GAULOIS, L'EAU PRÈS DU SANCTUAIRE PERMET DE SOIGNER AVEC SUCCÈS LE MAL DES YEUX. LES PAUPIÈRES S'OUVRENT ET LES ÉCAILLES TOMBENT. ILS NE DISENT PAS QUE CES EAUX sont sacrées, mais qu'elles ont, tout simplement, des vertus naturelles puisque des païens les utilisaient aussi. Mais s'approcher de l'eau avec foi, c'est reconnaître que la vie vient de l'eau et qu'elle ensemence la terre pour la faire germer selon la volonté de Dieu, puisqu'il a dit au premier livre de la Genèse que son esprit planait sur les eaux.

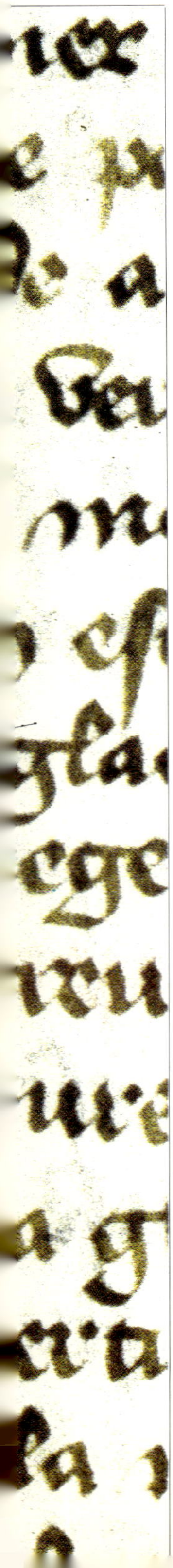

Sa propriété d'être transparente, de s'échauffer au soleil, ou de rester aussi dure que pierre aux rigueurs de l'hiver, fait qu'elle peut être utilisée en bonnes proportions dans tous les mélanges et onguents pour guérir.

sue: ⁊ ueritatis sue domui isrl.
Viderunt omnes termini
terre: salutare dei nostri.
Jubilate deo omnis terra:
cantate ⁊ exultate ⁊ psallite:
Psallite domino in cythara
in cythara ⁊ uoce psalmi: in tu
bis ductilibus ⁊ uoce tube cor
nee:
Jubilate in conspectu regis
domini moueatur mare ⁊ ple
nitudo eius orbis terrarum ⁊
qui habitant in eo:
Flumina plaudent manu
simul montes exultabunt a
conspectu domini: quoniam ue
nit iudicare terram:

Elle contient DU SOLEIL ET DE LA LUNE TOUR À TOUR, ET SA TRANSPARENCE PERMET LE PASSAGE DE LA LUMIÈRE. CELUI QUI SE SERVIRAIT DE CETTE TRANSPARENCE POUR TROMPER OU ÊTRE NUISIBLE AUX BÊTES COMME AUX GENS EN Y METTANT UNE VIGUEUR DESTINÉE À FAIRE MOURIR, À CAUSE DE SA TROMPERIE MÊME, IL MOURRAIT DE MORT VIOLENTE SANS RÉMISSION.

Car on ne peut IMPUNÉMENT DÉTOURNER LE SECRET DES CHOSES ET METTRE DU DÉSORDRE DANS LA CRÉATION QUE DIEU S'EST PLU À SI BIEN ORDONNANCER, DES ÉTOILES AU VERMISSEAU. PARTANT, SI LE SOLEIL TOURNE AUTOUR DE LA TERRE, C'EST QUE L'HOMME Y A ÉTÉ MIS EN BONNE PLACE POUR TOUT ADMIRER, MAIS AUSSI IL A DEVOIR DE TOUT Y RESPECTER.

Que ceux encore QUI ONT TROP DE PASSIONS BOIVENT DES GOBELETS D'EAU FRAÎCHE, POUR RETROUVER LEUR UNITÉ À LA PLACE DES CONTRAIRES QUI LES TIRAILLENT ET LES CONDUISENT SOUVENT À LA DÉRAISON COMME S'ILS AVAIENT CONSOMMÉ LE MIEL TROP DOUCEREUX DU VIN CLAIRET PLUS GRANDEMENT QUE NOÉ LUI-MÊME.

Et tandis que courent dans le livre les vertus de l'eau, Nicolas Dondelinger distille eaux et plantes avec patience et précision dans la pièce aux pierres sèches où bout l'alambic cuivré.

Pendant vingt années, bravant l'autorité de son père et parfois même la désapprobation des moines de l'abbaye, il a appris en compagnie de celle qu'il aimait à préparer les décoctions, les breuvages, les mélanges subtils dans des eaux décantées, à fin de mieux servir tous ceux, pauvres et riches, qui chaque matin, en grand désordre, viennent frapper à la porte du prieuré pour que leur misère de corps et d'âme soit soulagée.

A force d'observer la nature, à force de comprendre son ordonnancement, il sait souvent reconnaître ce que le créateur y a mis de divin pour soulager le fardeau des hommes qui ajoutent sans cesse à leur propre misère. Mais avec elle il a appris aussi l'humilité de celui qui, comme l'a justement dit Socrate, « sait qu'il ne sait rien », et à se méfier des guérisons subites auxquelles justement on ne comprend rien.

Vingt années où le cœur apprend à se transformer, à s'ouvrir pour qu'y entrent tous les déshérités. Vingt années où ensemble ils ne s'étaient jamais sentis menacés par la mort qui rôde partout, prête à prendre le corps de l'homme pour le putréfier.

Pourquoi devrait-il mourir celui qui sert Dieu de son mieux? Et pourtant...

Nicolas Dondelinger sent confusément que le livre du secret des choses c'est à lui désormais,

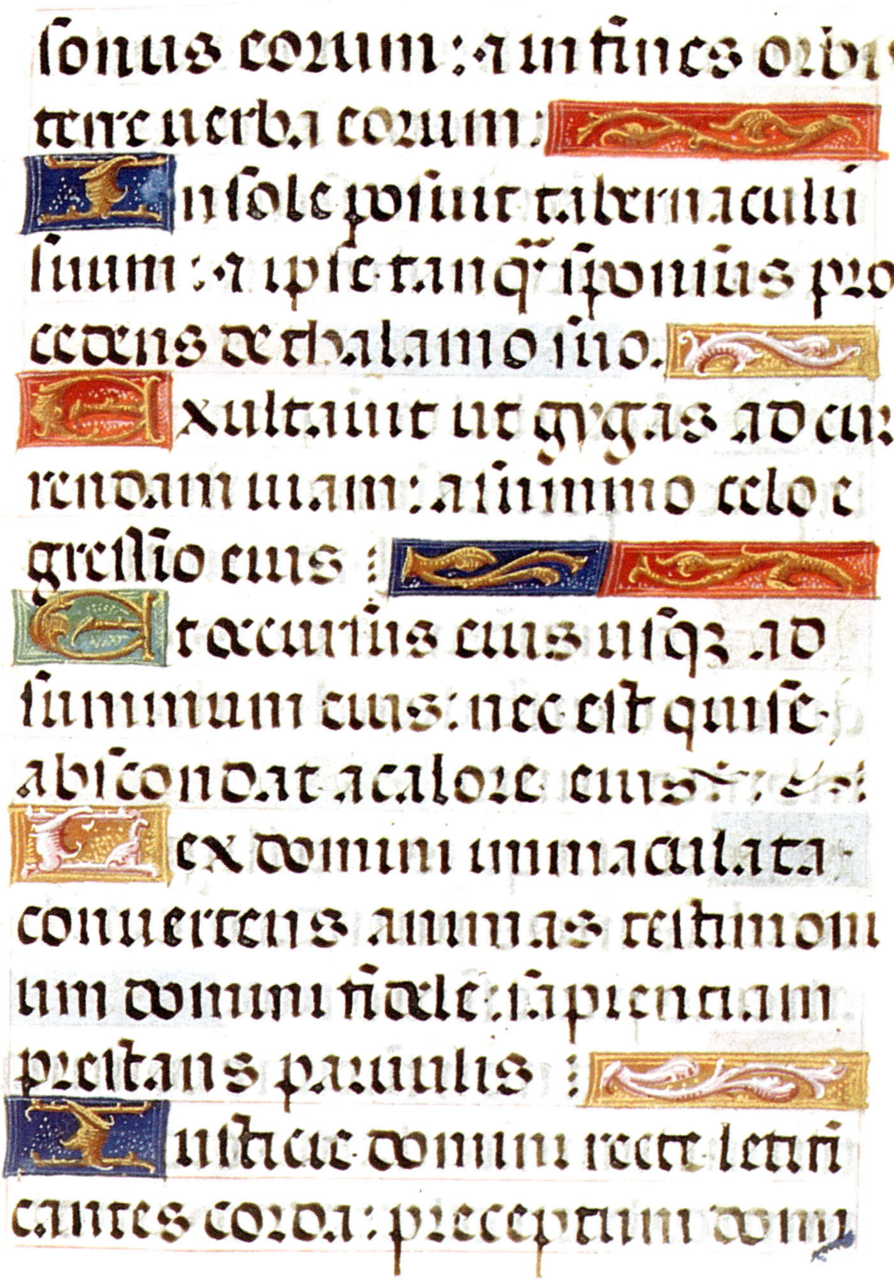
sonus eorum: et in fines orbis
terre verba eorum:
In sole posuit tabernaculum
suum: et ipse tanquam sponsus pro
cedens de thalamo suo.
Exultavit ut gigas ad cur
rendam viam: a summo celo e
gressio eius:
Et occursus eius usque ad
summum eius: nec est qui se
abscondat a calore eius.
Lex domini immaculata
convertens animas: testimoni
um domini fidele: sapientiam
prestans parvulis:
Justicie domini recte letifi
cantes corda: preceptum domi

devant Dieu et les hommes, de le continuer. Transcrire du latin en français, transmettre à tous par l'écriture ornementée les vertus mélangées du minéral et du végétal, transcrire, transmettre sa passion qui, de jour en nuit, de découragement en découvertes, lui a permis d'exercer l'art de la pharmacopée.

C'est vrai qu'il a laissé à d'autres les formules latines des apothicaires, la richesse et la cour des seigneurs.

C'est vrai qu'il a vécu chaste, préoccupé des autres plus que de lui-même, et dans la simplicité acceptable qu'exigeait le rang de sa maison, à cause de cette rencontre un jour étrange où elle était apparue, menant par la grande rue son palefroi en bride, suivie de son lévrier blanc qui ne la quittait pas.

Comment peut-on être blessé d'amour si subitement ? Comment peut-on laisser à son frère cadet le soin des draperies et des soieries pour aller courir au creux des chemins de détours ou dans l'abrupt des carrières ? Comment peut-on attendre patiemment les fermentations pour les distiller goutte à goutte et ne faire payer ses remèdes que par du vin mauvais ou des galettes de sarrasin ? Comment, si ce n'est à cause de la force d'aimer...?

ICI commence le vingt-septième livre, lequel traite du secret des pierres et des métaux.

Les pierres sont vivantes, ELLES RELIENT LE CIEL ET LES HOMMES. CELUI QUI SAIT LES TENIR AU CREUX DE SA MAIN PEUT EN PERCEVOIR L'ÉCHAUFFEMENT, AVEC LE BATTEMENT DE VIE. LES PIERRES RONDES ET LISSES DU BORD DES TORRENTS, GRISES, VEINÉES DE BLANC, RÉSONNENT QUAND ON LES FRAPPE. LEUR MUSIQUE EST PROFONDE CAR LES PIERRES VIENNENT DU CIEL. C'EST POUR CELA, COMME IL EST DIT AU LIVRE DE L'EXODE, QUE SALOMON A CONSTRUIT LE TEMPLE DE DIEU AVEC DES PIERRES BRUTES, TELLES QUE L'ŒUVRE DIVINE LES A FAITES.

Comme preuve autre QUE LES PIERRES SONT BIEN DES MORCEAUX DÉTACHÉS DU CIEL,

ON TROUVERA DES PIERRES TRANSPARENTES, CACHÉES DANS LE FLANC NORD DES PETITES MONTAGNES, QUE L'ON APPELLE CRISTAL DE ROCHE. ELLES ONT LA COULEUR D'EAU, CAR ELLES SONT ENGENDRÉES PAR LA NEIGE ET LA GLACE, MAIS CERTAINS, À CAUSE DE LEUR PURETÉ, AFFIRMENT QU'ELLES PROVIENNENT DU TRÔNE CÉLESTE.

Les hommes ne peuvent NAÎTRE DES PIERRES, MÊME SI ELLES SAIGNENT QUAND ON LES CASSE, CAR LE GRAND LIVRE DE LA BIBLE RÉVÈLE QUE C'EST DIEU QUI A FAÇONNÉ L'HOMME AVEC DE LA TERRE,

COMME POUR LES PLANTES, ET TOUT CE QUI EXISTE DANS L'UNIVERS.

Il y a des pierres lunaires ET FROIDES, SOUVENT BONNES POUR LE VENIN DES VIPÈRES ET DES PIERRES SOLAIRES ET CHAUDES, QUE L'ON PEUT PASSER SUR LE MAL POUR L'EXTIRPER AVEC SUCCÈS.

Il y a aussi les pierres À TOUCHER POUR LES VERRUES, OU POUR LES PLAIES.

Les pierres de foudre, ON LES RECONNAÎT À LEUR FORME EN POINTE D'ÉCLAIR, ATTIRENT LE NOUVEAU-NÉ VERS LA VIE SI ON LES MET ENTRE LES JAMBES DES FEMMES PRÊTES À ACCOUCHER. C'EST CE QUE DISENT CEUX DU VOYAGE POUR L'AVOIR VU FAIRE AVEC DES PIERRES DE FOUDRE DU DÉSERT. ILS DISENT AUSSI QUE CERTAINES RESSEMBLENT À DES ROSES ET QU'ELLES PORTENT CHANCE À CEUX QUI LES TROUVENT.

Des colporteurs du sud, DIGNES DE FOI, AFFIRMENT QUE DE L'AUTRE CÔTÉ DE LA MÉDITERRANÉE, IL Y A DES PIERRES QUI SERVENT À FAIRE VENIR LA PLUIE. LEUR FORCE EST SI GRANDE, QU'EN CAS DE SÉCHERESSE ON VIENT LEUR DEMANDER AVEC DES OFFRANDES DE COMMANDER AUX NUAGES L'EAU DES RÉCOLTES. ON PEUT LES RECONNAÎTRE À CE QU'ELLES

ONT LA FORME NATURELLE D'UNE GRENOUILLE, D'UN POISSON, OU D'UN SERPENT D'EAU.

Derechief il faut considérer LA PIERRE POUR RÉPARER LES PARCHEMINS, OU PIERRE QUI VIENT DU FEU DE LA TERRE, ET AUSSI LA PIERRE QUI ATTIRE LE FER OU AYMENT. ON EN TROUVE SELON ARISTOTE SUR LES RIVAGES D'UNE MER APPELÉE OCÉAN. LÀ, IL Y A PLUSIEURS MONTS TOUT FAITS DE FER QUI ATTIRENT LES NEFS CLOUTÉES SI DANGEREUSEMENT QU'ILS EN TIRENT LES CLOUS VERS EUX ET RISQUENT DE LES METTRE EN PIÈCES. MAIS LA POUDRE FINE DE L'AYMENT, MÉLANGÉE À L'EAU DES DÉCOCTIONS, FORTIFIE LA FAIBLESSE DU SANG.

En ce qui concerne LES PIERRES PRÉCIEUSES, ELLES RESSEMBLENT, PAR LEUR TRANSLUCIDITÉ MÊME, AU PASSAGE DES TÉNÈBRES À LA LUMIÈRE. ELLES CORRESPONDENT AVEC LES PLANÈTES ET LES MÉTAUX. LES ASTROLOGUES L'ONT FORT JUSTEMENT REMARQUÉ. AINSI LE SAPHIR ET LE DIAMANT, AVEC L'OR ET LE SOLEIL. LA TURQUOISE ET LES PIERRES NOIRES, AVEC LE PLOMB ET SATURNE. POUR LE SAPHIR ON SAIT AUSSI QUE CEUX QUI LE PORTENT, SE REFUSENT À TOUTE VIOLENCE, QU'ILS SONT AIMABLES, JUSTES ET PIEUX.

Mais il protège aussi des vipères et des scorpions des murs. Il faut dire que le saphir est une pierre azurée qui reflète la couleur du ciel. Elle est derechief la plus convenable pour porter aux doigts des rois ; appelée la pierre des pierres, elle fait croître le corps, conforte les membres et les garde entiers.

Selon les abbayes, Hildegarde de Bingen assure que le diamant mis dans la bouche préserve du mensonge. Il aurait la vertu de purifier le cœur.

Mais une pierre peut-elle purifier de la méchanceté ?

NICOLAS Dondelinger tourne et caresse les pages. Mais sans cesse le visage de l'aimée revient sous l'encre de la plume, sans cesse mille détails fleurissants lui font signe. Il croit entendre le bruit de l'eau couler sur les graviers orangés, emportant son rire enfantin. Entendre le vent assécher les saules, et disperser leur parfum âcre parmi les joncs et les écorces d'arbres emprisonnées. Il voit ses mains blanches, fines, si légèrement bleutées aux nœuds des veines, cueillir la rose de l'églantier et s'émerveiller des pollens en couronne, si légers que l'âme en est troublée. Il effleure sa robe de velours pourpre brodée de menthe sauvage, d'armoise et de perles de gui ; et regarde dans ses cheveux courir le lierre vert tressé.

Se peut-il que ce livre tenu si ferme entre ses doigts lui offre à pleines brassées tant de soleils d'été ?

Nicolas Dondelinger a mis du bois vigoureux dans le feu assoupi et s'est assis rêveur au pied des flammes attisées. Dehors l'aube va se lever, écartant les velours indigo de la nuit, de la mort peut-être aussi. Bientôt le premier rayon embrasera l'Univers pour les pierres, les bêtes, les plantes et les gens.

La flamme monte, légère, éclairant les pierres sombres de l'âtre noirci. Nicolas Dondelinger sait que la nuit met au monde le jour, en grand mystère, et que la vie succède à la mort.

Mais la mort désormais ne sera plus détresse, à cause du livre qui bat au rythme lent des saisons, à cause du ressac de l'encre pareil à l'eau de l'océan.

Il est temps de dire ici les autres propriétés des choses sensibles, celles dont la Sainte Ecriture fait mention.

ICI commence le cent troisième livre, lequel traite des propriétés des bêtes en général.

Au livre de la Genèse, DIEU DIT : « QUE LA TERRE PRODUISE DES ÊTRES VIVANTS SELON LEURS ESPÈCES, BESTIAUX, BESTIOLES ET BÊTES SAUVAGES. »

Les bestiaux SONT AU SERVICE DE L'HOMME COMME LE SONT LE BŒUF ET LE CHEVAL, L'ÂNE OU LE CHAMEAU, POUR AIDER LE LABOUREUR. LES AUTRES SERVENT POUR SE VÊTIR, COMME LES BREBIS ET LES MOUTONS AVEC LA LAINE. LES AUTRES POUR MANGER, COMME LE PORC.

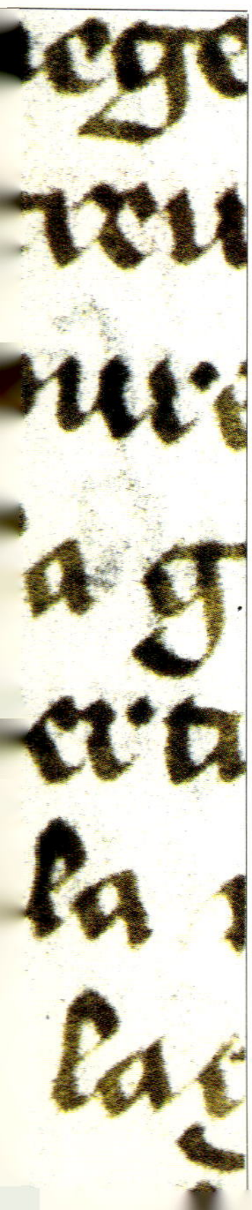

La vache EST DÉBONNAIRE ET L'ÂNE EST PATIENT, LE PORC QUI SE NOURRIT DE GLANDS EST GLOUTON, QUANT AU CHEVAL, IL EST FIER.

Ainsi l'on peut voir QUE LES ANIMAUX COMME LES GENS ONT LEUR CARACTÈRE ET QU'IL NE SERT À RIEN D'ALLER CONTRE CELA. ON DOIT AU CONTRAIRE VOIR COMMENT VA TOUT BESTIAUX DANS L'ORDRE DE LA NATURE, POUR LE COMPRENDRE ET MIEUX L'UTILISER.

Toute bête EST UNE ÂME VIVANTE, CRÉÉE SELON LA BONTÉ DE DIEU, ELLE EN EST L'IMAGE À SA FAÇON, C'EST POURQUOI IL FAUT LA RESPECTER.

Derechief Aristote EST DE CEUX QUI RECOMMANDENT LA SAGESSE DES FOURMIS ET DIT QUE L'ŒUVRE DES FOURMIS EST TANT MANIFESTE À CEUX QUI VEULENT LA COMPRENDRE QU'ELLE PEUT SERVIR À ORDONNER SA VIE. LES FOURMIS SONT TOUJOURS AU TRAVAIL, MÊME LA NUIT ELLES LABOURENT QUAND LA LUNE EST PLEINE. ELLES N'ONT AUCUNE PROPRIÉTÉ MAUVAISE CAR ELLES MANGENT LES RACINES DES ARBRES ET ELLES SONT MÊME PROFITABLES AUX OURS. QUAND UN OURS EST MALADE, IL MANGE DES FOURMIS ET PAR CELA IL EST GUÉRI.

Et si des bestioles COMME LA PUCE OU L'ARAIGNÉE NOUS SEMBLENT DE MAUVAISES PROPRIÉTÉS C'EST QUE NOUS EN IGNORONS LES BONNES. CAR PERSONNE, SAUF S'IL EST INSENSÉ, NE PEUT DIRE CONTRE DIEU QU'IL EST L'AUTEUR DU MAL DANS LA CRÉATION. IL FAUT SAVOIR QUE LA PUCE EST BLANCHE QUAND ELLE NAÎT, MAIS ELLE DEVIENT NOIRE SOUDAINEMENT. LA PUCE DÉSIRE LE SANG ET PERCE LA PEAU. LÀ OÙ ELLE MORD, ELLE LAISSE UNE TACHE ROUGE. DIEU A MIS À DISPOSITION DE L'HOMME CONTRE LE VENIN DE PUCE DE LA COLOQUINTE BROYÉE ET DÉTREMPÉE D'EAU. L'ODEUR DES FEUILLES D'AVOINE L'ÉLOIGNE AUSSI. LA PUCE N'EST PAS FACILE À PRENDRE PARCE QU'ELLE SAUTE AGILEMENT. QUAND IL DOIT PLEUVOIR, ELLE MEURT BRUTALEMENT.

Les mouches QUI FONT LE MIEL ATTIRENT LA PLUS FINE PARTIE DES FLEURS SUR ELLES, ELLES LA METTENT DANS DE PETITS SACS JAUNES À L'EXTRÉMITÉ AGILE DE LEURS PATTES, POUR FAIRE LE MIEL ET LA CIRE. LE MIEL DOMESTIQUE EST CELUI QU'ELLES FABRIQUENT DANS LES MAISONS CONSTRUITES POUR ELLES PAR LES LABOUREURS. LE MIEL SAUVAGE, ON PEUT LE TROUVER DANS LES FORÊTS. IL N'EST PAS SI BON QUE LE PREMIER, SA SAVEUR EST AMÈRE MAIS IL EST EMPLOYÉ

POUR DÉBOUCHER LES CONDUITS DE L'URINE. LE MIEL A LA VERTU DE PROTÉGER TOUTE CHOSE DU POURRISSEMENT ET D'ÉLIMINER PUS ET AIGREURS D'ESTOMAC.

Les mouches QUI FONT LE MIEL SE PARLENT CERTAINEMENT ENTRE ELLES, CAR ON VOIT COMMENT RAPIDEMENT SI L'UNE A TROUVÉ UNE FLEUR INTÉRESSANTE, TOUTES VIENNENT ENSUITE L'AIDER. ELLES NE SONT PAS COMME LES MOUCHES QUI MANGENT MIEL ET NE FONT RIEN, SI CE N'EST DE DÉRANGER LES VACHES ET LES CHEVAUX ET L'HOMME MÊME CHAQUE FOIS QU'IL VEUT PRENDRE DU REPOS.

Il y a aussi les bestioles COMME LES SERPENTS QUI RAMPENT SUR LA POITRINE. MÊME SI DIEU A DIT AUX BÊTES : « JE VOUS DONNE TOUTES LES HERBES PORTANT SEMENCE QUI SONT SUR LA SURFACE DE LA TERRE ET TOUS LES ARBRES QUI ONT DU FRUIT PORTANT SEMENCE ET POUR NOURRITURE TOUTE LA VERDURE DES PLANTES », IL FAUT SE MÉFIER DU SERPENT QUI EST TRÈS RUSÉ COMME ADAM L'A VU PAR LA SUITE, ENCORE QU'IL ÉTAIT LIBRE DE NE PAS L'ÉCOUTER. MAIS COMME IL L'A FAIT, IL VAUT MIEUX SE MÉFIER DE CE QUI RAMPE MÊME SI DIEU L'A CRÉÉ POUR ÉPROUVER LE CŒUR DE L'HOMME.

Le dragon est LE PLUS GRAND DE TOUS LES SERPENTS ET IL PORTE UNE CRÊTE SUR LA TÊTE, UNE PETITE BOUCHE PAR QUOI IL ATTIRE LE VENT, UNE LANGUE ET DENTS

AIGUËS. LA FORCE DU DRAGON N'EST PAS DANS SES DENTS MAIS DANS SA QUEUE. LE DRAGON ORDINAIREMENT, SELON LES DIRES DES FORAINS VOYAGEURS QUI LES ONT VUS, NAISSENT EN INDE OU EN ÉTHIOPIE À CAUSE DES GRANDES ARDEURS DU SOLEIL. PLINE DIT AU XIIIE CHAPITRE DE SON HUITIÈME LIVRE QU'EN ÉTHIOPIE, ILS ONT VINGT-DEUX COUDÉES DE LONG. COMME IL Y A DU BON DANS CHAQUE CRÉATURE, LE FIEL DE DRAGON OU DE DRAGONETTE GUÉRIT LE MAL DES YEUX. CERTAINS LES REPRÉSENTENT AVEC DES AILES SUR LE DOS, D'AUTRES DISENT QUE LEUR CRÊTE EST FAITE TOUTE D'ÉPINES ET D'ÉCAILLES.

Les navigateurs, EUX, AFFIRMENT QU'IL Y A DES BÊTES MARINES QUI RESSEMBLENT À DES FEMMES ET POURTANT ONT UN CORPS DE POISSON. ELLES

SONT SI SOURIANTES ET SI BELLES QU'IL FAUT PEUT-ÊTRE CROIRE AUX RÊVES. MÊME SI C'EST UNE ÉTRANGE CURIOSITÉ DE LA NATURE, ELLE A SÛREMENT SA RAISON D'ÊTRE. LES NAVIGATEURS DES FLEUVES LES NOMMENT SIRÈNES ET PRÉTENDENT QU'ELLES CONNAISSENT LES SECRETS DES PERLES DE LUNE, CELLES QUE L'ON TROUVE DANS CERTAINS POISSONS.

Il y a deux sortes DE PERLES : CELLES QUI SONT PERCÉES PAR NATURE ET SANS ARTIFICE. CE SONT LES MEILLEURES ET DANS LES RECETTES IL S'AGIT de prendre celles-ci. Les autres, qui ne sont point percées, servent usuellement aux apothicaires pour leur poudre. Les naturelles ont pour vertu d'accroître les esprits du cœur.

Quant aux sirènes, mieux vaut par sagesse les éviter car les religieux des abbayes prétendent qu'elles peuvent entraîner droit dans l'eau les hommes sans fidélité à cause des pouvoirs trompeurs de leurs trop belles apparences.

NICOLAS Dondelinger, à force de veille et de souvenirs, ne sait plus bien où vont rêve et réalité, il tente de chasser des images si douces qu'elles le blessent.

Mais brusquement, à mi-chemin du livre, surgit une licorne hennissant et piaffant, à la pointe de sa corne d'ivoire torsadée, une étoile en son centre est piquée. Elle galope là, sur le parchemin, comme en une clairière inattendue et va chevauchant les mots, les ciselant de ses sabots.

« O Dieu ! » Nicolas Dondelinger aussitôt se signe. Cette licorne qui caracole, la crinière si soyeuse et si blanche, est-ce son amie en Paradis qui revient vers lui ?

Mais la licorne, d'un bond du livre s'échappant, rentre au ciel vers son Berger et laisse pour Nicolas Dondelinger, au bout des mots d'amour, son empreinte étoilée.

Au hasard des pages et des enluminures, il s'arrête, attiré maintenant par le livre qui parle des oiseaux et de leurs œufs, car c'est une science merveilleuse que celle qui apprend à reconnaître et à pouvoir nommer tous ces passereaux.

ICI commence le cent vingtième livre, lequel traite des oiseaux en général, et de leur connaissance on comprendra leur utilité.

Ceux qui observent LES OISEAUX SAVENT QU'ILS N'AIMENT NI LE BRUIT, NI LES MOUVEMENTS BRUSQUES ET QUE POUR CONNAÎTRE LA FAÇON DONT ILS SE NOURRISSENT OU VOLENT, OU LES SONS QU'ILS ÉMETTENT, IL FAUT AGIR AVEC PATIENCE. ON TROUVE DES OISEAUX DE TOUTE FORME ET DE TOUTE TAILLE, TOUS ONT DEUX AILES ET SONT COUVERTS DE PLUMES, ONT UN BEC, DES PATTES RECOUVERTES D'ÉCAILLES ET PONDENT DES ŒUFS. SELON LES DIRES DE CERTAINS IL Y A DES OISEAUX QUI NE VOLENT PAS. CE QUI SERAIT TRÈS ÉTONNANT, CAR C'EST POUR VOLER QUE DIEU LES A CRÉÉS. MÊME LE GRIFFON À AILES, BEC D'AIGLE

ET CORPS DE LION PEUT VOLER CAR SA NATURE EST SOLAIRE ET L'ENTRAÎNE VERS LE CRÉATEUR.

Il y a des oiseaux de nuit COMME LA HULULE QUI ONT DE GRANDES AILES, UN VOL LENT ET SILENCIEUX. MÊME SI LE CRI DE LA HULULE FAIT PEUR LA NUIT IL NE FAUT PAS CROIRE QU'ELLE PORTE MALHEUR, AU CONTRAIRE ELLE EST TRÈS UTILE POUR ATTRAPER LES SOURIS DE BLÉ SANS QUOI LES CHAMPS EN SERAIENT INFESTÉS.

Le faucon crécelle MANGE AUSSI DES RONGEURS ; IL S'IMMOBILISE EN L'AIR EN RABATTANT SES AILES VERS L'AVANT. IL CHASSE TRÈS BIEN

ET LES SEIGNEURS L'OBLIGENT À LA CHASSE À ÊTRE CRUEL AUTREMENT QU'À L'ORDINAIRE.

Quant aux corbeaux, POURQUOI LEUR ATTRIBUER DES MAUVAIS PRÉSAGES ? À CAUSE DE LEUR COULEUR COMME LES TÉNÈBRES ? DERECHIEF, IL NE FAUT PAS CLOUER LA FEMELLE À LA PORTE DE L'ÉTABLE POUR ÉVITER LES MALADIES, AU CONTRAIRE, LA PUTRÉFACTION ET L'ODEUR PEUVENT NUIRE AUX BESTIAUX.

L'aronde VIENT AU MOIS DE MAI ; ON DIT QU'ELLE DÉCOUPE LE CIEL AVEC LES CISEAUX DE SES AILES POUR FAIRE UNE ROBE À NOTRE-DAME ET QUE LE ROUGE-GORGE TIENT LE ROUGE DE SA GORGE DU SANG

du Christ. Il se serait posé sur son épaule pour l'éventer de son aile lorsqu'il souffrait sur la Sainte Croix. Une larme de sang aurait teinté, à tout jamais, son jabot. A cause de ce qu'il a fait pour Notre Seigneur, il faut le protéger et lui laisser les vermisseaux derrière le laboureur.

Quand les passereaux s'abattent dans les champs, c'est qu'il va pleuvoir, de même lorsque l'aronde rase la terre. Certains navigateurs disent qu'ils les voient en hiver vers le sud, à cause du froid qu'elles n'aiment pas. On peut reconnaître la famille de l'oiseau grâce à son œuf, par sa taille, sa forme, sa couleur. Mais le coucou pond dans le nid des autres oiseaux, ce qui montre par là qu'il est

RUSÉ ET MAUVAIS PARENT. IL Y A UNE COUTUME QUI DIT QU'ON FAIT FORTUNE QUAND ON ENTEND CHANTER LE COUCOU AVEC UNE PIÈCE DANS LA POCHE. IL NE FAUT RIEN EN CROIRE CAR C'EST DU TRAVAIL MÊME, COMME L'A BIEN DIT ESOPE DANS SES FABLES, QUE VIENT LA FORTUNE.

Il faut toujours S'ÉTONNER DE LA LÉGÈRETÉ DES OISEAUX QUI S'ENVOLENT. C'EST QUE LEURS OS, CONTRAIREMENT AUX NÔTRES, ONT DE L'AIR. ET LE DIEU DE LA CRÉATION LES A SI BIEN FAITS QU'EN LES REGARDANT MONTER SI HAUT, NOTRE ÂME A ENVIE DE FAIRE COMME EUX.

Les oiseaux QU'ON NE PEUT PAS MANGER SONT COMME LES MESSAGERS DE DIEU ET C'EST AINSI QU'IL FAUT LES TRAITER. C'EST POUR CELA QU'ON NE DOIT PAS LES TIRER À LA FRONDE OU PRENDRE

LES LAOSTICS À LA GLU SOUS PRÉTEXTE QU'ILS PICORENT LES VERGERS. IL VAUT MIEUX S'ÉGAYER DE LEURS CHANTS QUI REND JOYEUX MÊME LES MALADES DE LA MÉLANCOLIE NOIRE SI DIFFICILE À SOIGNER.

AINSI vont les bêtes et leurs vertus et celui qui sait les reconnaître ne sera plus jamais tout à fait le même.

Les paupières lourdes, les yeux rougis d'avoir trop déchiffré le livre dans la demie obscurité, Nicolas Dondelinger se lève, va jusqu'au coffre. Il suit du doigt le blason aux armoiries, le Livre, la Licorne, l'Arbre.

Aux armoiries azur, vermeil et or de sa dame, que pourra-t-il ajouter ? La clé, celle qui ouvre aux secrets des choses ?

Et son esprit, qui va rêvant à travers ce si grand savoir, se réjouit de ce que son amie est dans la vie par le Livre aux 277 chapitres et par le regard de tous ceux qui s'émerveillent de l'Arbre donnant son ombre à la voie lactée et de la Licorne que l'ange a protégée de ses ailes dorées, pour que reculent la mort et l'obscurité.

ICI commence le deux cent-septième livre, lequel traite du mouvement des corps célestes, de la terre aussi et des vents.

Comme Empédocle d'Agrigente L'A DIT, LE CORPS DE L'HOMME, COMME TOUS LES CORPS DE L'UNIVERS, RÉSULTE D'UNE COMBINAISON DES QUATRE ÉLÉMENTS, FEU, AIR, TERRE ET EAU. ET CHAQUE ÉLÉMENT SE DÉFINIT PAR UN COUPLE DE QUALITÉS : LE FEU EST CHAUD ET SEC, L'AIR CHAUD ET HUMIDE, L'EAU FROIDE ET HUMIDE ET LA TERRE FROIDE ET SÈCHE.
A CHAQUE ÉLÉMENT CORRESPOND UNE SAISON : LE PRINTEMPS VA AVEC L'AIR, L'ÉTÉ AVEC LE FEU, L'AUTOMNE AVEC LA TERRE ET L'HIVER AVEC L'EAU.
MAIS L'HOMME AUSSI SUIT LA CROISSANCE DE L'ANNÉE DANS SON CORPS : L'ENFANCE C'EST LE PRINTEMPS, L'ÉTÉ

LA JEUNESSE, LA MATURITÉ L'AUTOMNE ET L'HIVER LA VIEILLESSE – C'EST CE QU'A PENSÉ HIPPOCRATE – ET QUE POUR SOIGNER IL FAUT BIEN TENIR COMPTE AUTANT DE LA NATURE DU PATIENT ET DE SON ÂGE, QUE DE LA SAISON DE L'ANNÉE, DU LEVER ET DU COUCHER DES ASTRES.

Le tempérament de l'homme EST LIÉ AU TEMPS QUI PASSE ET AU TEMPS QU'IL FAIT PARCE QUE DERECHIEF IL NE FAUT PAS OUBLIER QUE L'HOMME EST EN PETIT L'IMAGE DE CE QUI EST GRAND AU CIEL. CHAQUE PARTIE DU CORPS EST DONC RELIÉE À UNE PARTIE DU CIEL ET À CHAQUE PLANÈTE CORRESPOND LA FONCTION D'UN ORGANE.

Il faut surveiller L'ÉVOLUTION D'UNE MALADIE AUX QUATRIÈME ET SEPTIÈME JOURS DE CHAQUE SEMAINE PARCE QU'ILS CORRESPONDENT AUX CHANGEMENT DES PHASES DE LA LUNE.

En ce qui concerne L'OBSERVATION DES ÉTOILES, ELLES SONT FIXÉES ET COMME ÉPINGLÉES SUR UNE MÊME SPHÈRE CRISTALLINE. DIEU LES A CRÉÉES AINSI POUR QUE LES NAVIGATEURS PUISSENT S'Y REPÉRER. ENTRE DIEU ET L'HOMME, COMME ENTRE L'ÉTERNEL ET LE MORTEL, LES ANCIENS ONT TRACÉ UN CERCLE DE CLÔTURE QUI EST CELUI DES ÉTOILES FIXES, APPELÉ CERCLE DU ZODIAQUE. AU DELÀ DU CERCLE RÈGNE LE CRÉATEUR, AU CENTRE DU CERCLE, L'HOMME CRÉÉ, RELIÉ À TOUTE LA CRÉATION.

Il y a sept planètes, VISIBLES À L'ŒIL NU, QUI NE S'ÉTEIGNENT PAS : LE SOLEIL, LA LUNE, VÉNUS, MERCURE, MARS, JUPITER ET SATURNE. ELLES AVANCENT CHACUNE À LEUR RYTHME.
LES MÉSOPOTAMIENS SE SONT INQUIÉTÉS DE VOIR GAMBADER

LES PLANÈTES DANS LE CIEL COMME DES MOUTONS SAUVAGES QUI AURAIENT QUITTÉ LES MOUTONS APPRIVOISÉS QUE SONT LES ÉTOILES FIXES ET SAGES. MAIS SI DIEU LES A VOULUES AINSI C'EST QU'IL A SES RAISONS ET QUE LA PARTICULARITÉ DES PLANÈTES ET LEUR POSITION PERMET DE LIRE LES PRÉSAGES POUR L'AVENIR, COMME LE PENSENT LES ASTROLOGUES QUI SONT AUSSI DES MÉDECINS. CAR COMME ON L'A DIT PRÉCÉDEMMENT, CHAQUE PLANÈTE CORRESPOND À UNE FONCTION D'UN ORGANE ET IL FAUT NOTER SA POSITION AU JOUR OÙ LE MALADE EST ALITÉ.

VONT et viennent la course du soleil et de la lune. Le temps passe et l'avenir pourtant échappe au pouvoir de l'homme, nul ne le sait mieux aujourd'hui que Nicolas Dondelinger...

Aurait-il dû interroger les astres pour connaître le grand malheur d'aujourd'hui ? Son amie savait-elle le jour où elle devait entrer en paradis pour avoir écrit et enluminé ce précieux manuscrit depuis de si longues années ?

Sans doute parce qu'elle craignait les moines de l'abbaye jaloux de son savoir et de la protection que Dieu lui accordait, elle ne parlait jamais des astres. Le peu qu'il savait des présages, il le devait aux laboureurs, et cela concernait les récoltes, les débordements des rivières ou les grandes gelées de l'hiver. Le zodiaque gardait pour lui tout son mystère et son dialogue avec le ciel n'était encore que prière.

L'aube cogne aux croisées. Mais Nicolas Dondelinger s'est endormi, tant ébloui par le livre de son amie, tant troublé par tout l'amour de vingt années qui va courant dedans, dessus les mots qui racontent leur histoire passionnément, tant heureux de ces heures où il a compris ce que c'est que d'être vivant par delà la mort.

Ainsi ce que dit le livre est accompli.

Nicolas Dondelinger s'est endormi, la tête doucement posée sur le cuir lisse, ses cheveux emmêlés à l'azur, à l'or et au vermeil du blason de sa dame.

L'aube cogne aux croisées.

Nicolas Dondelinger s'est endormi.

Demain le souffle de l'esprit le rendra vigoureux pour que lui aussi, il achève de cœur pur, simple et fidèle tout ce qu'il a su d'elle, pour que lui aussi ouvre à tous ceux qui veulent comprendre le grand livre du monde où est inscrite, d'azur, d'or et de vermeil, la grande félicité d'exister malgré les heures sauvages de l'hiver, malgré les déchirures, malgré les abandons, à cause du grand don d'amour que Dieu nous a confié.

TANT de nuits ont succédé à cette nuit... Nicolas Dondelinger n'a cessé de lire et relire, compléter de son savoir et orner à son tour ce *Livre du secret des choses*... ce faisant, il a compris petit à petit, à force d'âge, que le secret de chaque chose et la sagesse qui y est inscrite, il peut aussi les découvrir en lui-même.

Si, par droiture, il s'efforce de partager avec tous ce qu'il sait, il participe à l'achèvement de la création, et derechief il a sa place, unique et magnifique, dans l'ordonnancement de l'univers.

Que d'autres désormais lisent ce livre et le transmettent et ajoutent avec clairvoyance ce qu'ils savent des hommes, des bêtes, des plantes et des planètes.

Parce que c'est bien ainsi que Dieu veut l'homme, capable de connaître le secret de toute chose, hormis celui de l'infini et de l'éternité pour lequel Adam, Eve et le serpent, en voulant se l'approprier, brisèrent le fil qui les reliaient au Créateur.

Mais que l'homme ne confonde pas son désir de tout connaître et son désir de tout posséder.

Qu'il se souvienne, par droiture, qu'en désirant savoir, il doit désirer Dieu et non chercher à l'égaler.

Conception graphique et maquette :
V.S.F.G/Habillages, Paris.
Photogravure, flashage :
Nicolas Athanassopoulos, Athènes, Grèce.
Achevé d'imprimer en mars 2000
par Everprint, Carugate, Italie.

IMPRIMÉ DANS L'UNION EUROPÉENNE